D1097295

MOI AUSSI, JE SUIS AMUSANT!

Jonathan Fenske

Texte français d'Isabelle Allard

SCHOLASTIC

Pour Pendy, Coco et Lulu, les morceaux qui complètent l'ensemble!

Catalogage avant publication de Bibliothèque et Archives Canada

Fenske, Jonathan
[I'm fun, too! Français]
Moi aussi, je suis amusant! / Jonathan Fenske, auteur et illustrateur; texte français d'Isabelle Allard.

(LEGO)
Traduction de: I'm fun, too!
ISBN 978-1-4431-7426-8 (couverture souple)

I. Titre. II. Titre: I'm fun, too! Français.

PZ23.F36Mo 2019 j813'.6 C2018-904407-1

Édition publiée par les Éditions Scholastic, 604, rue King Ouest, Toronto (Ontario) M5V 1E1 CANADA.

5 4 3 2 1 Imprimé aux États-Unis 40 19 20 21 22 23

Ce n'est pas amusant de NE PAS ÊTRE AMUSANT.

Regardez tous ces NOUVEAUX...

Tout le monde veut jouer avec EUX.

Je ne suis
PAS AMUSANT.
PERSONNE ne
veut jouer avec
MOI.

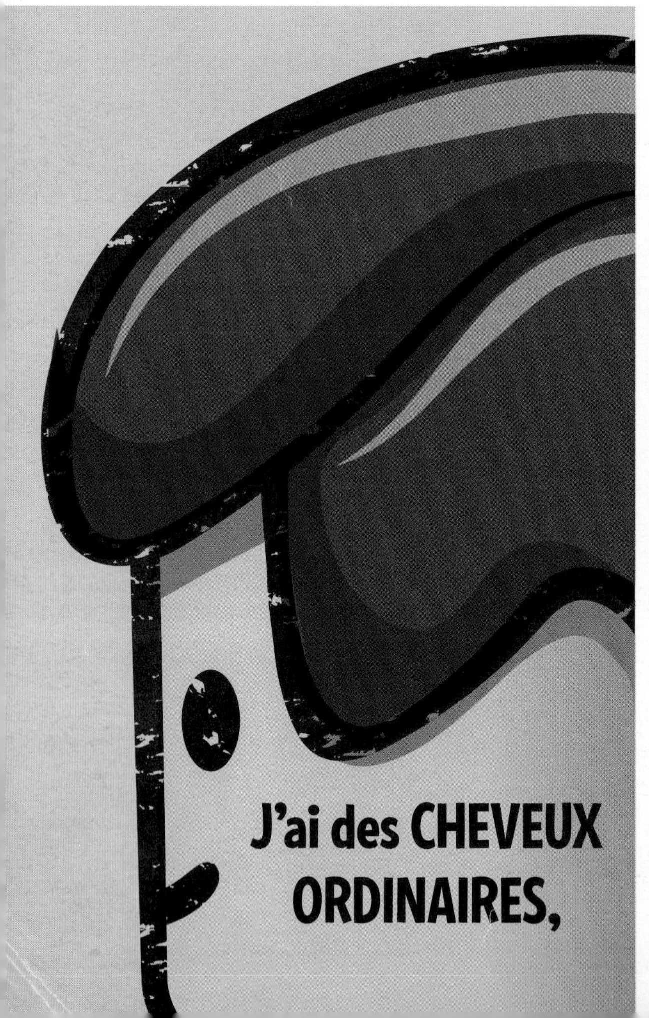
J'ai des CHEVEUX
ORDINAIRES,

des VÊTEMENTS
ORDINAIRES

et un VISAGE
ORDINAIRE.

Oui. Deux points et une ligne.
C'est tout ce que j'ai.

Même quand j'ai TRÈS MAL.

Pfff. Pas comme ces NOUVEAUX personnages AMUSANTS!

Ça me
donne envie de
PLEURER.
Mais je
NE PEUX PAS.
Oh! Arrête d'en
RAJOUTER, toi!

AVANT, j'avais le plus beau VÉLO du quartier.

Plus maintenant.

AVANT, j'avais le plus beau
PONEY des prairies.
Plus maintenant.

eux seraient des SUPER TOURBILLONS SUPRÊMES AVEC CERISES SUR LE DESSUS.

Et moi, je serais à la VANILLE.

Bon, je vais rester ici, dans mon COIN, pendant que tout le monde S'AMUSE.

Regarde ce PETIT FUTÉ.
Tout est FACILE pour lui...
Alors que nous, on est
coincés dans ces COSTUMES
ENCOMBRANTS.

Ce serait amusant de manger cette CRÈME GLACÉE...

mais je ne peux même pas tenir un cornet.

Veux-tu goûter le MIEN?
Oui!
SLURP!

Ce serait amusant
d'avoir de si BEAUX
CHEVEUX!

Mais je ne suis
qu'une licorne
chauve.

Veux-tu essayer les MIENS?

De quoi ai-je l'air?

Ce serait amusant d'avoir un BEAU SOURIRE.
Mais ce costume me fait GRIMACER.

Aimerais-tu
essayer le MIEN?

Euh... non
merci, ça va.

Quel gars
AMUSANT!

Hum...

Je peux être AMUSANT, MOI AUSSI!
J'ai peut-être des vêtements ORDINAIRES, des cheveux ORDINAIRES et un visage ORDINAIRE...

mais je suis comme une page blanche!

Je suis comme
une toile blanche!

Je peux être
TOUT ce que je veux.

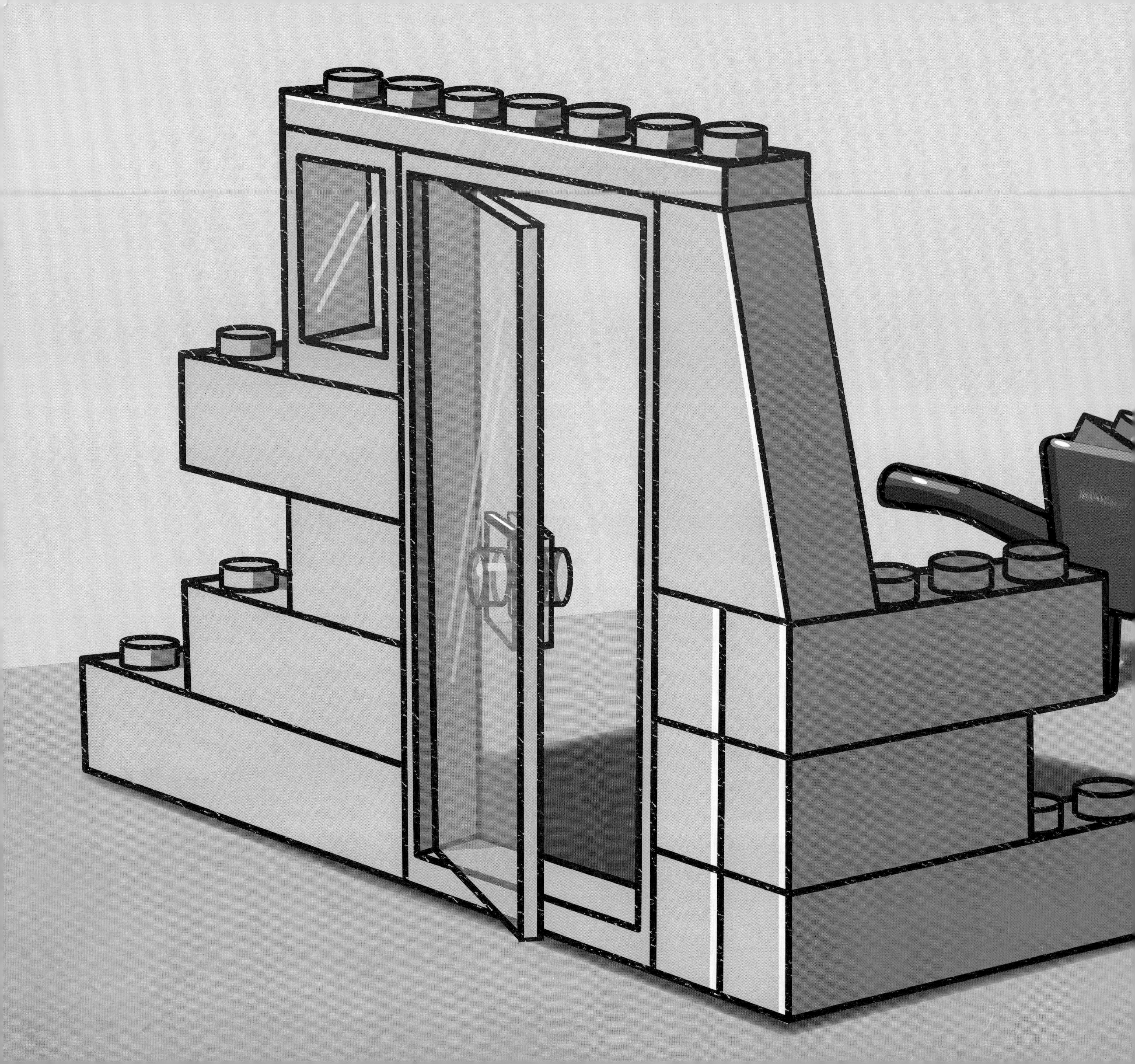

Donnez-moi un MARTEAU
et je construirai une ville!

Donnez-moi une ÉPÉE et je combattrai des dragons!

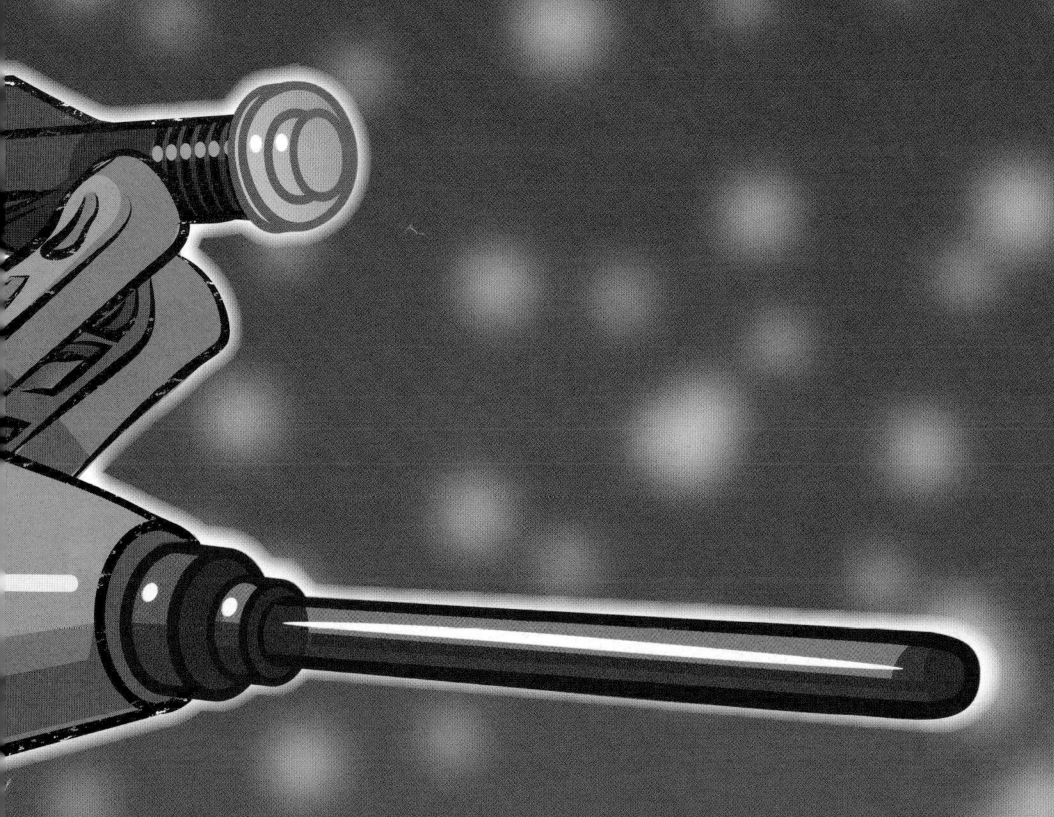

Donnez-moi une FUSÉE
et j'atteindrai les étoiles!

J'adore être
SI AMUSANT!